W0345332

TROIS AMIES...
PAS TOUT À FAIT
COMME LES AUTRES !

Trois amies... pas tout à fait comme les autres !

Une histoire écrite par Rita Rautureau
et illustrée par Nadine Brisson

Éditions Amalthée

Consultez notre site internet

Pour tout contact :
Éditions Amalthée – 2 rue Crucy – 44005 Nantes Cedex 1
www.editions-amalthee.com

Pour Sarah, Sabrina, Laura, Manon,
les suivant(e)s... et tous les autres.

Agathe, Clémentine et Sophie sont trois amies carottes inséparables. Elles habitent dans un immense potager, entourées de leurs très nombreuses voisines, elles aussi carottes.

Les trois amies sont un peu différentes des autres. Elles n'ont pas cette chevelure verdoyante et ce teint oranger magnifique. Elles voient bien qu'elles ne sont pas aussi parfaites que leurs voisines : leur peau n'est pas aussi lisse, leurs cheveux ne sont pas aussi frisés, elles sont plus petites... mais qu'importe, elles s'adorent et c'est bien là l'essentiel.

Il faut dire que le hasard n'a pas joué en leur faveur. Elles sont nées en bordure du potager et sont obligées de partager la nourriture avec un grand chêne. L'arbre en est bien désolé mais il ne voit pas ce qu'il peut faire pour elles : il faut bien qu'il se nourrisse lui aussi. Alors, comme c'est un bon et brave chêne, il se montre généreux avec les trois amies. Quand le soleil est un peu trop ardent, il leur procure de l'ombre. Lorsque les nuages déversent un peu trop d'eau, il les abrite à l'aide de ses grands bras. Et puis, surtout, il leur raconte des histoires sur la vie, lui qui est né il y a déjà bien longtemps et qui a vu passer tant de carottes dans ce jardin potager.

Alors, Agathe, Clémentine et Sophie sont devenues de vrais philosophes, grâce à leur ami le grand chêne. Elles connaissent la destinée d'une carotte. Elles savent bien qu'une carotte est faite pour être mangée et cela ne les attriste pas car elles savent aussi, qu'avant d'être mangées, elles vont faire un long et beau voyage. Elles, qui n'ont connu que le potager, se réjouissent déjà à l'idée de voyager avant d'être mangées.

Le temps passe ainsi jusqu'au jour où le jardinier arrive accompagné d'un inconnu...

— Serait-ce le grand jour, celui du grand voyage ? se demande Agathe.

— Chouette, nous allons découvrir du pays ! s'exclament en chœur Clémentine et Sophie.

— Ne vous réjouissez pas trop vite, poursuit le grand chêne, sur un ton que les trois amies ne lui connaissent pas encore.

— Allez, il nous faut arracher rapidement toutes ces carottes avant de les mettre dans les caisses pour les transporter au marché ! ordonne le jardinier.

Nul doute n'est maintenant permis, c'est bien le grand jour pour les carottes.

Au bout de quelques heures, il ne reste plus que les trois amies dans le potager. Lorsque le jardinier est sur le point d'arracher Agathe, Clémentine et Sophie, il s'exclame : « Non, personne n'en voudra, elles sont impropres à la consommation, laissons-les là, je les donnerai aux cochons ». Mais, elles ne comprennent pas.

Alors, elles regardent le grand chêne et attendent une explication. L'arbre leur répond :

— Ne soyez pas tristes ! Vous ne ferez pas le voyage mais nous allons être ensemble un peu plus longtemps !

— Mais pourquoi ne veulent-ils pas de nous? s'étonne Sophie.

— Regarde-toi, répond Clémentine, tu as deux pieds alors qu'il ne t'en faudrait qu'un.

— Et alors, ça permet d'avoir plus d'équilibre, ce n'est pas une raison pour être mangée par les cochons! réplique Sophie.

— Et puis moi, j'ai deux grosses bosses sur mon ventre et mes cheveux sont trop jaunes et trop courts, poursuit Clémentine.

— Quant à moi, continue Agathe, je n'ai que quelques cheveux très raides et quatre yeux. Mais, je ne suis pas décidée à me laisser manger par un cochon. Nous méritons mieux... Pourquoi ne pas faire ce grand voyage à trois? Sophie, tu as deux pieds, la marche sera facilitée pour toi. Tes cheveux courts, Clémentine, et mes quelques cheveux bien raides offriront moins de prise au vent. Vous voyez... la nature a bien fait les choses. Elle va faciliter notre voyage. Qu'en dis-tu grand chêne?

— Je vais vous regretter... mais vous avez raison, il faut parfois forcer le destin. Alors, allez découvrir d'autres paysages! Je vous souhaite de faire de belles rencontres... et surtout ne tardez pas, n'attendez pas le retour du jardinier si vous ne voulez pas finir avec les cochons.

Après avoir remercié le grand chêne pour toutes ses petites attentions, sa grande bonté et ses histoires sur la vie, nos trois amies se mettent en route, toutes guillerettes à l'idée de voir du pays.

La journée est magnifique. Le soleil se montre généreux : pas trop ardent, juste ce qu'il faut pour se sentir bien. Au fur et à mesure qu'elles avancent dans ce monde inconnu, elles découvrent de nouvelles couleurs, autres que l'oranger ou le vert des belles carottes... Il y a même des couleurs qui leur ressemblent. Elles s'émerveillent des senteurs nouvelles qu'elles rencontrent : ça change de l'odeur de la carotte.

Au bout de quelques heures, elles décident enfin de faire une petite sieste...

— Alors, que pensez-vous les filles de notre petite virée ? Ne sommes-nous pas heureuses ? N'avez-vous pas envie de continuer à découvrir le monde ? demande Agathe.

Clémentine et Sophie s'apprêtent à répondre lorsque trois petits navets viennent à passer. Elles ne les reconnaissent pas car le grand chêne a oublié de leur parler des navets.

— Qui êtes-vous ? demande Sophie.

— Des navets, pardi, répond l'un d'entre eux. Quelle chose étrange pour des carottes de ne pas connaître vos cousins, les navets ! Nous vivons pourtant tous dans le même potager et avons la même destinée, être mangés après avoir voyagé.

— Que faites-vous par ici alors ? Pourquoi n'avez-vous pas poursuivi votre destinée ? interroge Agathe.

— Eh bien, chères demoiselles, nous avons eu la bonne idée de pousser près de nos amis, les noisetiers, et comme vous vous en doutez, il a fallu partager. Le jardinier en a conclu que nous n'étions pas bons à manger. Regardez-nous ! Nous sommes trop pâles, pas assez roses, tout rikikis, en un mot nous avons oublié de pousser.

— J'imagine, que vous aussi, vous avez décidé de voyager.

— Oui, parfaitement. Et comme nous n'avons pas été gavés, nous n'en sommes que plus robustes et forts. Parcourir des kilomètres ne va pas nous fatiguer.

— Mais dites-moi, quel sort vous était réservé, à vous les navets ? demande Clémentine.

— Eh bien, nous avons entendu le jardinier promettre de revenir nous chercher pour nous donner à manger aux cochons. Nous en avons conclu que nous méritions mieux et qu'il fallait à tout prix nous échapper.

— Vous n'êtes pourtant pas si mal que ça pour des navets, rétorque Clémentine.

— Merci, vous aussi, vous êtes de très jolies carottes et si je n'étais pas un navet, rien ne m'empêcherait de vous manger.

Après avoir échangé sur leur ancienne vie au potager, les trois carottes et les trois navets décident de poursuivre leur chemin ensemble.

Jamais, les carottes n'ont été aussi heureuses. Elles regrettent bien un peu leur ami, le grand chêne, mais elles sont très contentes d'avoir trouvé de nouveaux compagnons qui leur ressemblent. Quant aux trois navets, eux aussi sont ravis qu'on les trouve aussi craquants.

La nuit tombe et chacun fait de très beaux rêves.

Le lendemain matin, les six amis se remettent en chemin. À mi-journée, ils arrivent enfin à l'orée d'un bois.

— Pourquoi ne pas traverser cette belle forêt ? propose Sophie.

— Bonne idée, un peu de fraîcheur nous fera du bien. Regardez ! À force de marcher sous ce soleil, je me sens toute ratatinée, s'exclame Clémentine.

— C'est vrai, continue un navet, à force de marcher notre silhouette s'affine. Croyez-moi, certains nous envieraient ce corps d'athlète, fin et musclé.

— Dis-moi, Clémentine, c'est un étrange prénom pour une carotte ? s'interroge un autre navet.

— Oui, j'en conviens. Mes parents pensaient que ce prénom me porterait chance et ferait de moi la plus jolie des carottes. Hélas, ils n'ont pas été exaucés. De la clémentine, je n'ai que le nom, mais certainement pas la couleur.

Tous se mettent alors à rire, à rire tellement fort qu'ils éveillent la curiosité de deux habitants de la forêt.

Devant eux, se dressent alors deux étranges créatures avec deux longues oreilles, deux yeux malicieux, un petit nez rose (un peu plus rose que les navets) et une petite queue en forme de pompon. Elles n'ont pas la peau lisse et oranger des belles carottes mais elles sont recouvertes d'une épaisse chevelure marron.

— Qui êtes-vous ? demandent les six amis.

Les deux créatures semblent un peu étonnées par la question mais satisfaites de cette rencontre car leurs yeux scintillent comme le ferait un millier d'étoiles.

— Nous sommes des lapins, voyons ! Moi, c'est Lapinette et voici mon mari, Lapinou.

— Des lapins... répète Clémentine, pensive.

Décidément, le grand chêne n'a pas tout dit à ses amies les carottes. Et les navets ne semblent pas en savoir davantage à propos des lapins. Les six amis leur expliquent qu'ils sont en voyage et ont cru bon de traverser cette belle forêt pour se rafraîchir.

— Vous avez raison, il n'y a pas de plus bel endroit pour voyager ! s'exclame Lapinette. Mais j'y pense, vous devez être fatigués ? Pourquoi ne pas venir vous reposer dans notre logis ? Nous habitons à deux pas et vous pourrez faire la connaissance de nos cinq enfants.

Carottes et navets ne voient pas le clin d'œil que les deux lapins échangent avec un large sourire. Ils arrivent bientôt vers ce que Lapinou et Lapinette appellent leur terrier. C'est une jolie maisonnette, creusée dans la terre. À peine ont-ils franchi le pas de la porte que cinq jolis petits lapins se jettent sur eux. Les six amis, fatigués par leur longue marche, se retrouvent à terre.

— Doucement, patience, mes petits lapinous et lapinettes, soyez polis avec nos invités !

Les six amis sont traités comme des célébrités, on leur donne à souper et surtout à boire à volonté. Puis ils vont se coucher, entourés des cinq petits lapins.

À ce moment-là, Lapinou et Lapinette se réjouissent et l'un deux s'exclame :

— Dis donc Lapinette, quelle chance d'avoir fait cette rencontre ! Ce n'est pas tous les jours que carottes et navets se présentent devant nous. Et en plus, ils ne sont même pas conscients de l'***énorme danger*** qui les menace. Franchement Lapinette, quelle chance nous avons !

— Oui, on a de la chance... bien que...

— Bien que quoi ? interroge Lapinou.

— Eh bien, regarde-les tous les six, ils ont beau s'appeler navets et carottes, ils manquent un peu de fraîcheur. Ils sont tout rikikis et ratatinés... Va falloir les abreuver !

— Tu as raison, la voilà la solution ! Nous allons les abreuver et ils retrouveront leur fraîcheur première. Il nous faut simplement être patients. Imagine le bon repas que feront nos cinq enfants. Ça les changera de l'herbe verte et des fraises des bois, explique Lapinou.

À compter de ce jour, les six amis vivent des jours heureux au milieu de la famille lapin. Ils passent la plupart de leur temps avec les petits lapins qui sont devenus de vrais amis. Ils se promènent dans la forêt et se racontent des histoires. Les carottes racontent des histoires de carottes, les navets racontent des histoires de navets et les lapins des histoires de lapins. Mais les cinq lapinous et lapinettes sont très jeunes et ils ne connaissent pas tout ce qu'il convient de savoir sur les histoires de lapins.

Un jour, Agathe entend Lapinou s'extasier :

— Dis donc Lapinette, nos amis sont resplendissants. Regarde-moi cette fraîcheur, n'est-elle pas agréable à contempler ?

— Ou à goûter, poursuit Lapinette dans un éclat de rire.

Agathe reste perplexe. Elle ne sait pas si elle a bien compris. Alors, elle décide de ne rien dire, de peur d'inquiéter ses amis.

Le lendemain matin, tout le monde est réuni lorsque Lapinette déclare :

— Regardez, mes chers enfants ! Ne trouvez-vous pas nos invités craquants ? Admirez leur fraîcheur ! N'auriez-vous pas envie de les croquer ?

Les cinq petits lapins observent leurs six amis avec délice. C'est vrai qu'ils les trouvent craquants tant ils les adorent. Mais parents et enfants n'ont pas la même définition du mot "craquant". Lapinette comprend vite qu'ils n'ont pas bien saisi ce qu'elle leur suggère, alors elle poursuit :

— Vous savez, les lapins, ça mange aussi des carottes et des navets et c'est même délicieux. Je vous propose d'en faire notre festin. Ça nous changera de l'herbe verte et des fraises des bois !

Carottes et navets ont écouté le discours de Lapinette sans réagir. Ils savent depuis longtemps qu'être mangés après avoir voyagé, telle est leur destinée. Alors, être croqués par de si jolis petits lapins plutôt que par des cochons leur semble acceptable. C'est même presque une fin heureuse et enviable pour des carottes et des navets.

Non, non et non

Les cinq petits lapins finissent par comprendre le sens du mot « craquant » et s'exclament alors en chœur :

— Non, non, et non, pas question de croquer carottes ou navets !

— D'abord, je n'aime pas ça, ça me donne des boutons ! déclare le plus petit.

— Comment peux-tu affirmer cela, tu n'as jamais essayé ? réplique Lapinou.

— Pas besoin d'essayer, je sais. Et puis le rose et l'oranger me donnent mal au ventre. Je préfère le vert et le rouge des fraises des bois.

Bien que résignée à accepter son sort, Sophie ne peut alors s'empêcher de déclarer, sur un ton mélancolique :

— J'aurais bien aimé continuer à voyager encore un peu ! Il y a tant de belles choses à contempler...

Les cinq lapinous l'enlacent et se mettent à pleurer en déclarant :

— Ce sont nos amis, chers parents, laissez-les voyager !

Et les petits lapins racontent alors l'histoire de leurs amis, les navets et les carottes : pas assez roses, pas assez oranger, pas assez frisés, trop rikikis...

Après avoir écouté leur histoire, Lapinou et Lapinette ne peuvent s'empêcher de pleurer à leur tour. Cela leur rappelle quelqu'un qu'ils ont bien connu jadis : pas assez longues, pas assez ci, pas assez ça... Ils sont tellement attendris par leur histoire (pas assez roses, pas assez oranger, pas assez frisés, trop rikikis...) qu'ils décident de ne pas en faire leur festin.

– Après tout, si nos enfants préfèrent l'herbe verte et la fraise des bois, pourquoi ne pas s'en contenter ? concluent alors Lapinou et Lapinette.

Carottes, navets et petits lapins sautent alors de joie. Chacun s'embrasse longuement.

Cependant, tous comprennent qu'il est peut-être dangereux de demeurer désormais plus longtemps sous le même toit. Lapinou et Lapinette pourraient bien changer d'avis.

– Chers invités, vous méritez de voyager. Alors ne tardez pas, allez découvrir ce vaste monde ! Rien ne presse pour être mangés, déclare Lapinou. Et puis, il paraît qu'à quelques kilomètres d'ici, il existe un potager avec des légumes bien verdoyants, bien frisés, bien roses, bien ceci, bien cela... Rien ne nous empêche d'y faire un petit détour pour vous épargner.

Mais, avant leur départ, Lapinou et Lapinette croient bon de leur prodiguer quelques conseils avisés :

– La prochaine fois que vous rencontrerez des lapins, soyez vigilants ! Et puis, ne soyez pas trop appétissants ! Veillez à ne pas trop vous abreuver, trop de fraîcheur vous rendrait un peu trop craquants !

Les six amis sourient, ils vont se méfier, c'est promis, même s'ils savent qu'être mangés est leur destinée.

Depuis ce jour, Agathe, Clémentine, Sophie et leurs trois amis sont toujours en chemin. Il paraît qu'ils ont fait le tour du monde et qu'ils sont un peu moins craquants, un peu moins roses, un peu moins frais, un peu moins ceci, un peu moins cela... mais qu'importe, ce sont toujours les meilleurs amis du monde et c'est bien là l'essentiel.

Fin

De source sûre, nous pouvons vous confirmer, qu'à ce jour, ils attendraient toujours pour être mangés...

Imprimé en France
978-2-310-04456-1
Dépôt légal : 3e trimestre 2019